MW01144533

Benditos comienzos

OBSEQUIADO A

EN OCASIÓN DE

FECHA

Betania es un sello de Editorial Caribe, Inc.

© 2002 Editorial Caribe, Inc.
Una división de Thomas Nelson, Inc.
Nashville, TN—Miami, FL, EE.UU.
www.caribebetania.com

Título en inglés: *Blessed Beginnings*
© 2000 Thomas Nelson, Inc.

Arte © 2000 Precious Moments, Inc.
Usado con permiso.

Las citas bíblicas son tomadas de
la Versión Reina-Valera 1960
© 1960 Sociedades Bíblicas Unidas en América Latina.
Usadas con permiso.

Traductora: Tulia Lavina

ISBN: 0-88113-732-4

Impreso en Singapur
Printed in Singapore

> ## Antes que te formase en el vientre te conocí,
> ## y antes que nacieses te santifiqué.
>
> Jeremías 1.5

Antes de que sus pequeños dedos se entrelazaran con los suyos... antes de que su sonrisa desdentada les robara el corazón para siempre, les encantaba este precioso regalo de Dios. Por mucho tiempo, los dos habían soñado con el día en que todos los planes y las preparaciones terminaran y una preciosa vida nueva comenzara. Ya el momento llegó, y su mundo cambió para siempre. *Benditos comienzos* muestra lo más íntimo de ese instante con la inocencia y la belleza que solo los amados personajes de Sam Butcher pueden crear. Junto a ilustraciones conmovedoras hay pasajes bíblicos especialmente seleccionados para mostrar el amor de otro Padre para con sus hijos: ese amor celestial que existía mucho antes del comienzo del mundo. Juntos, cuadros y versículos atestiguan el especial lazo entre padre e hijo, entre Dios y su pueblo, en un recordatorio hermoso de que Dios nos ama como a su propio Hijo.

Jesús dijo: Dejad a los niños venir a mí, y no se lo impidáis; porque de los tales es el reino de los cielos.

Mateo 19.14

Herencia de Jehová
son los hijos; cosa de estima
el fruto del vientre.
Como saetas en mano
del valiente, así son
los hijos habidos
en la juventud.

Salmo 127.3–4

Por este niño oraba, y Jehová
me dio lo que le pedí.
Yo, pues, lo dedico
también a Jehová;
todos los días que viva,
será de Jehová.

1 Samuel 1.27-28

Antes que te formase en el vientre te conocí, y antes que nacieses te santifiqué.

Jeremías 1.5

Tú formaste mis entrañas;
tú me hiciste en
el vientre de mi madre.
Te alabaré; porque formidables,
maravillosas son tus obras;
estoy maravillado,
y mi alma lo sabe muy bien.

Salmo 139.13–14

En ti he sido
sustentado desde el vientre;
de las entrañas de mi madre
tú fuiste el que me sacó;
de ti será siempre
mi alabanza.

Salmo 71.6

Cuando te acuestes,
no tendrás temor,
sino que te acostarás,
y tu sueño será
grato.

Proverbios 3.24

A sus ángeles
mandará acerca de ti,
que te guarden
en todos tus
caminos.

Salmo 91.11

De la boca de los niños y de los que maman, fundaste la fortaleza.

Salmo 8.2

Aun el muchacho es
conocido por sus hechos,
si su conducta fuere
limpia y recta.

Proverbios 20.11

Guarda, hijo mío,
el mandamiento de tu padre,
y no dejes la enseñanza
de tu madre...
Te guiarán cuando andes;
cuando duermas te guardarán;
hablarán contigo cuando despiertes.

Proverbios 6.20,22

Y todos tus hijos serán
enseñados por Jehová;
y se multiplicará
la paz de tus hijos.

Isaías 54.13

Alaben la
misericordia de Jehová,
y sus maravillas
para con los hijos
de los hombres.

 Salmo 107.8

De cierto os digo,

que si no os volvéis

y os hacéis como niños,

no entraréis en el reino

de los cielos.

Mateo 18.3

A sus ángeles mandará acerca de ti, que te guarden en todos tus caminos.

Salmo 91.11

¿Cómo puede alguien tan pequeño llenar nuestro corazón tan totalmente? ¿Y cómo podríamos expresar la alegría que sentimos cada vez que besamos esas tiernas mejillas? Podemos celebrar el regalo mirando al Creador, recordando todas las cosas buenas que vienen de nuestro Padre allá arriba. Mientras disfruta de los cuadros elaborados en colores de suave matiz de los primeros días del bebé y lee las Escrituras del corazón de Dios para usted y sus niños, recuerde que Él también se goza con su presencia.

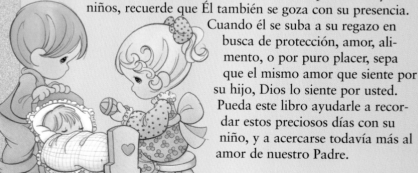

Cuando él se suba a su regazo en busca de protección, amor, alimento, o por puro placer, sepa que el mismo amor que siente por su hijo, Dios lo siente por usted. Pueda este libro ayudarle a recordar estos preciosos días con su niño, y a acercarse todavía más al amor de nuestro Padre.